푸른사상
시선

49

찬란한 봄날

김 유 섭 시집

푸른사상 시선 49

찬란한 봄날

인쇄 · 2015년 1월 15일 | 발행 · 2015년 1월 20일

지은이 · 김유섭
펴낸이 · 한봉숙
펴낸곳 · 푸른사상
주간 · 맹문재 | 편집 · 지순이 | 교정 · 김수란

등록 · 1999년 7월 8일 제2-2876호
주소 · 서울시 중구 충무로 29(초동) 아시아미디어타워 502호
대표전화 · 02) 2268-8706(7) | 팩시밀리 · 02) 2268-8708
이메일 · prun21c@hanmail.net / prunsasang@naver.com
홈페이지 · http://www.prun21c.com

ⓒ 김유섭, 2015

ISBN 979-11-308-0320-3 03810
ISBN 978-89-5640-765-4 04810 (세트)

값 8,000원

찬란한 봄날

친구야 저기 낙원이 보인다.

보여,

너는 보이지 않니?

그래 보인다.

친구야,

뒤집힌 네 눈알이 보이는구나.

| 차례 |

■ 시인의 말

제1부

제2부

제3부

제4부

| 차례 |

제5부

제1부

찬란한 봄날

나무들이 물고기처럼 숨을 쉬었다

비가 그치지 않았다

색색의 아이들이 교문을 나섰다

병아리 몸짓의 인사말조차

들리지 않았다

물살을 일으키며 지나가는 문구점

간판이 물풀처럼 흔들렸다

자동차가 길게 줄을 서서

수만 년 전 비단잉어의 이동로를 따라

느릿느릿 흘러갔다

물거품으로 떠다니는 꽃향기 속

수심을 유지하는 부레 하나

박제된 듯 정지해 있었다

위이잉, 닫혔던 귀가 열렸다

아이를 기다리던 엄마가 환해지며

비늘 없는 작은 손을 잡았다

꽃무늬 빗물이 찬란한

누구나 헤엄쳐 다니는 봄날이었다

낮은 음표들의 도시

도시는 강철로 만들어진 오선지였다
가장 높은 음계는
황금의 부족 차지였다
햇살 썩는 냄새 진동하는 거리에
붐비는 땀에 젖은 발자국들은
강철 오선지 아래쪽을 맴돌았다
지워지지 않으려고 휘청거리면서
낮은음에서 낮은음으로
이동해 다닌다고 할까
목구멍이 막혀오는 발작이 반복되었지만
의사의 처방은 한결같았다
높은음만으로 울려 퍼지는
황금빛 노래의 세계
낮은음으로 웅얼거리는 눈빛들이
날마다 전리품으로 소금에 절여졌다
강철 오선지 끝자락에 매달려서
흔적으로 남아 너덜거렸다
도시는 바람이 불 때마다
장송곡의 음률을 끝없이 게워내고 있었다

핏물 흐르는 날들

빗물받이 홈통을 타고 골목으로
빗물이 쏟아져 나왔다
며칠째 그치지 않는 장맛비였다
고단한 얼굴이 침묵의 잠에 빠져 있는 옥탑방,
한 평 마당에 빗물은 모여서
빗물받이 홈통으로 빨려 들어갔다
오래된 담배꽁초
바닥에 말라붙었던 가래침 자국
살비듬처럼 일어 나풀거리던 시멘트 가루가
땅 밑 우수관으로 쿨럭쿨럭 쓸려갔다
목멘 자장가
싸구려 구두의 가죽 냄새
구부러진 쇠파이프,
깨진 화분, 뜯겨서 빠진 듯한
머리카락이 꼬리를 물고 빗물에 씻겨갔다
누군가 켜놓은 라디오 소리와 함께
빠르게 소용돌이치면서
붉은 핏물이 섞여들기도 했다

태연한 생

아침, 떠오르는 태양에는

어제 죽은 사람의 얼굴이 들어 있다

부서진 몸통들 잡동사니처럼 널려 있는 지평선이

뿜어져 나온 피로 물들어도

넥타이를 매고 출근을 서두르는 발걸음 소리

누군가의 혓바닥을 밟아 미끄러지면서도

미소 짓는 핏빛 눈동자들

붉은 살 조각이 거리를 굴러다녀도

평온하기 그지없는 차량의 행렬

갈수록 가빠지는 숨을 헐떡이며

어둠이 냄새처럼 번져올 때까지

"행복하세요." 거품을 물고 속삭이는

말라 버석거리는 도시

언제나 축제의 폭죽이 터지는

허공에 걸린 TV를 보며

늦은 밤 주머니에서 피가 뚝뚝 떨어지는 심장이나

발가락을 꺼내 귀를 후비면서

우리는 헤엄치는 물고기처럼 태연하다

밤의 드라큘라

가로수가 혓바닥을 내밀어
스카이라인 너머 사라지는 붉은 햇살을 핥고 있었지
긴 송곳니를 숨기고
어둠을 기다리는 드라큘라 신음을 뱉어내며
도시의 또 다른 몸뚱어리가 꿈틀거리는 것 보았어
바람이 어두워지는 골목에서 창문의 목을
물어뜯고 있었지
서로의 피를 빨아먹어 배를 채워야겠다는 듯
해가 지자 검은 망토를 두른 눈빛들이
안개보다 더 빨리 거리를 가득 메우는 거야
먹이를 향해 달려가는
번뜩이는 굶주림,
피비린내가 점령해가는 도시
통로 끊긴 익명의 섬이었어
일그러진 별들이 우우우 공중을 떠다녔지
허연 목을 드러내는 순간
사방에서 피범벅의 송곳니가 달려들었어
밤이 깊어갈수록 도시 뒤편 암전 속으로
하나둘 가로등 불빛마저 끌려가고 있었지

너에게 나라는 질량

너를 만날 때마다

무게의 눈금이 보고 싶지만

바람에 날리는 옷자락을 따라 사라질 것 같은

예감이 든단다

이곳이 아름다운 별이라 하더라도

확신 없이 떠돌아야 하는 궤도

함께 웃고 떠들고 집으로 돌아와 백지처럼 증발해버린

너를 마주하게 되는 날들이 눈부셔

나는 자꾸만 허공 쪽으로 고개를 꺾고

허리마저 비트는 버릇이 생겼단다

가슴을 열어 펼쳐 보이는 그 짓

한 줌 부스러기 같아서

다가가 덥석 껴안았던 유리 절벽 너머,

나는 형틀에 묶인 얼굴로

내동댕이쳐져서 흘러다닌단다

얼마나 자주 낯선 질량 속으로

나를 던져 넣어야 했던지

한 치 오차도 없는 저울의 계산법으로

너는 휘파람 불며

이 광활한 세계를 잘도 오가는구나

겨울 도시를 목격하다

비 내리는 밤의 공기는
살이 썩는 자의 입냄새다
빗방울은 구천을 떠도는 혼령,
인적 끊긴 가로등 불빛에는 울음소리가 들어 있다
저승을 한 바퀴 돌아온 듯
빗줄기를 타고 가슴으로 저미어든다
지옥의 광기에 사로잡힌 눈알이
곳곳에 비수로 도사리는 거리
앞서 간 발자국이 빗물에 지워진다
식어가는 체온이 남기고 간 사연이
몸부림치다 흩어지는 것일까
검붉은 피얼룩은 흔한 것이어서
어디에나 펼쳐져 있는 겨울 도시
이곳의 풍습은 어둠이 암흑이라는 것을
배우지 않고도 알게 하는 것이다
뼈마디조차 얼어붙는
비는 그칠 줄 모르는데
벗겨진 구두가 비스듬히
뒷골목, 콘크리트 벽에 기대서 젖고 있다

영혼을 꽃처럼 펼쳐 굽는 거리

파란 불꽃 위에 고깃덩이를

혀의 촉감에 따라

부위별로 꽃처럼 펼쳐놓고 익기를 기다렸다

죽지 않은 신경조직이 떨면서 웅크리면

납작하게 눌러 불판에 들이밀었다

치지직거리며 체액이 빠져나올 때

지나간 옛사랑을 이야기하기도 했다

도살된 고깃덩이에는 영혼이 없다고 믿었다

너도나도 머리를 끄덕였다

잘 익은 살점을 씹으면서

"나를 씹는 것들아 사라져라."

건배를 했다 파란 불꽃은 활활 타올랐고

접시 위에 가지런히 놓인 핏물 배어나오는 고깃덩이가

세월처럼 추가되었다

살이 타는 연기 자욱한 거리

배가 채워질수록 허기지는

수렁 같은 눈빛들로 붐볐다

여우 사냥

개들이 여우를 쫓아 꿈속을 달린다
혀가 입 밖으로 밀려 나와 깃발처럼
허공에 펄럭인다
컹컹 길을 막고 여우를 물어뜯을 듯 달려든다
언제나 방아쇠는
막다른 과녁을 향해 당겨진다
으르렁거리며 이빨을 드러내서 개들이 충성을 과시하는
사이
달아오른 총알이 여우의 핏발선 눈빛 속에
탕탕 박힌다
헐떡이는 심장이 멎기를 기다리는 동안
개들이 돌아앉아 제 털을 핥는다
낭자하게 흐르는 피는 수만 년 흘러온 강물이다
여우를 주인에게 바친 개들이 꼬리를 흔든다
나를 죽이지 말라는 다짐이다
콘크리트 산맥과 들판
강과 숲의 나무들 사이로 노을이 찾아온다
죽어 주인의 허리춤에 매달린 여우를 힐끔거리며

아스팔트 검은 길을 따라 휘청휘청

오늘도 개들이 밥과 처자식이 있는

더 깊은 꿈속으로 돌아간다

기계적 작동

사람들은 붐비는 전철이나

공원에 앉아서도 사람의 살점을 씹어 먹었다

꿈을 꾸는 듯 눈은 하늘을 바라보며 걷지만

입안에는 사람의 살점이 굴러다녔다

질겅질겅 껌을 씹으면서

껌의 고향과 나이와

사포딜라가 뿌리 내리고 있던 흙의 온기에 대해 생각하지

않는 것처럼

사람의 살점에서 배어나오는 맛과 식욕을 돋게 하는

비린 피 냄새에만 집중했다

씹고 있는 것이 땀에 젖은 몸으로

영화관 옆자리에 앉아 졸고 있던 친구가 아니라

마른 오징어이거나 팝콘이라고 믿으려 했다

타는 황무지를 걸어 말라버린 샘물을 찾아가는 아프리카

어머니와 아이들의 피멍 든 맨발에 붙은

마지막 살점이 아니라는 척

음악을 듣고 밥을 먹고 커피를 마셨다

상점마다 화려하게 진열된 황금의 장미를

눈부시게 아름답다 고백하는

최면의 날들이 이어졌고

사람들의 턱뼈는

멈추지 않는 기계보다 더

기계적으로 작동하는 일에 전력을 다했다

밤의 고양이

가로수 가지가 죽은 짐승의 내장처럼
바람에 흔들리는 풍경 속에서
버둥거리는 것이다
멈추지 않는 심장박동이 축복인지,
온몸이 핏물 범벅이 되어도
쓰레기 봉지라도 뒤져야 한다
배를 채울 수 있다면
무엇인가의 뼈에 붙은 살점이나
꾸덕꾸덕 말라 굳어진 핏덩이
광대뼈가 힘몰된 얼굴이리도 좋다
콘크리트 벽 창문으로
형광 불빛 칼날처럼 새어나오는
물러가지 않는 밤의 도시,
먹다가 버려진 것이라도
성찬이 된 지 오래인 거리이다
식어가는 체온으로 어둠의 바닥을
끝없이 뒤적이는 내가 정말 고양이일까

흐르는 숲

내가 흐른다는 것
숲에 와서야 알았다
음악처럼 다가와 손 내미는 푸른 눈망울들
내 안을 몰려다니던 비린 살 거품이
빠져나가
나뭇잎 사이로 사라진다
숲의 리듬으로 뛰기 시작하는 심장 박동을 따라
호흡마저 나무의 몸짓이 된다
눈이 뜨이고 귀가 열린다는 이야기 알겠다
나무와 햇살이 서로 오가는
발걸음 소리 들려온다
두런두런 의미를 떼어낸 말들을 주고받는다
내가 풀꽃의 재잘거림이 되기도 하고
바람의 문장으로 고요의 폭포 속을
거닐기도 한다
새들이 나무를 향해 날아가고
나무의 온 생애가 새들을 향해 묵묵히 비행하는 것이다
맨몸, 맨발의 강
숲에서 나는 흐르고 있다

제2부

눈알들

경기장은 수많은 눈알로 가득했다
질러대는 함성은 기괴한 음률로
울부짖는 짐승의 성대였다
저마다 동공의 확대와 축소
팽창을 향해 소용돌이쳤다
눈알을 감싸고 있는 핏줄이 터져버려라
발을 굴렀다
경기가 시들해지면 욕설과 야유를 퍼부어댔다
허공에서 쏟아지는 주먹과 발길질에
너덜너덜해진 선수들이
차례로 들것에 실려 나갔다
그때마다 전류를 흘려놓은 듯
눈알은 감전의 발작을 반복했고
극치의 경련 또한 무한으로 증폭되었다
터져버린 핏줄에서 질질
흐르는 피가 불길처럼 사방으로 번져갈 때면
경기장은 서로에게 돌진하는
피투성이 눈알로 들끓는 도가니였다

먼지와 냄새의 제복들

먼지였으며, 거리를 흘러 다니는 냄새였던
그가 인간이라는
제복 속으로 숨어든 지 오래되었다

제복은 안식처였고 식탁이었고
두꺼운 방어막이었다
코를 찌르는 냄새가 뿜어져 나왔지만
무사히 한 시절을 버텨냈던 것이다

그가 관 속에 누워 세상을 넘겨다본다
제복 사이로 빠져나가는 마지막 촉감을 느끼는 것이다
냄새 나는 먼지로 다시 떠돌아야 하는
얼굴이 창백하다

다른 제복이 슬픔을 뜻하는 검은 리본을 달고
조문의 걸음으로 다가와서 꽃을 올린다

향이 타는 동안

그도 숨겼던 자신의 정체를 기억해내고는

흐느끼는 척,

무엇으로도 막을 수 없는 냄새를 토해내기 시작한다

노동의 품격

세 번 해가 뜨고 졌다
가장 단거리 노선이었다
이천사백 번의 기어 변경이 있었다
두 번 주유하는 동안만 멈췄을 뿐이다

들판 위를 나는 새 떼를 보았다
별은 푸르스름한 구름 뒤에 숨어서
얼굴을 내밀지 않았다
도로 위에 주행선만 보였다

스케치풍의 집들과 가로수가 있었다
햇빛에 녹아 지글지글 흘러내렸다
수면과 무관하게 눈꺼풀은 저절로
감기기도 했고 뜨이기도 했다

이뇨제와 각성제는 의사 처방전 없이 구입했다
안개가 시야를 방해했다
불량 와이퍼였지만 시간을 낭비할 수 없었다

몰아치는 바람과 빗줄기의 장막을 뚫고

전속력으로 달려온 것이다
검은 매연 두껍게 쌓인 화물차 유리창에
성별이 밝혀지지 않은
사람의 혓바닥이 붙어 있었다

얼굴

그의 얼굴이 몇 개인지 나는 모른다

오랜 동료이지만 언제나 처음 보는 얼굴이다

퇴근을 알리는 벨이 울리고 그가

가방을 들고 밖으로 나간다

그는 종일 회사로 들어오는 차량의 숫자와

화물의 종류와 무게를 기록했고

나는 그것들이 사라지는 것을 감시했다

들뜬 몸짓으로 서둘러

그가 나가버린 사무실은 황량하다

곳곳에 그의 얼굴이 떨어져 있다

내게 커피를 건네던 얼굴

흔들리는 눈빛으로 창밖을 바라보며

담배를 피우던 얼굴

점심을 먹으며 유난히 다정하게 웃던 얼굴

외출에서 돌아오던 그의 얼굴이 없다

나는 사무실을 뒤진다

책상 밑 컴컴한 구석에서 일그러진 채 웃고 있는

피 묻은 얼굴을 발견한다

손을 뻗었지만 닿지 않는다

그것이 그의 얼굴인지 아닌지

거울에 내 피투성이 얼굴들을 비춰보는 밤이다

저무는 길에 선 저문 낙타를 보았다

열대의 퍼석이는 문장들이 신기루로
떠다니는 사막
낙타가 모래언덕의 그림자를 씹고 있다

야자수 이파리를 게워 되새김질이라도 하는 듯
뒷골목 찻집에 앉아 초점 없이 중얼거리다가
만병통치 건강식품 설명서를
읽고 또 읽는다

기다리던 사람이 오지 않아 거리로 나서면서
낙타는 쿵쿵 타는 목구멍 감추려고
회오리쳐 오는 바람의 출처를
사라진 지 오래인 냄새의 감각으로 읽어내려는 시늉을 한다

하늘 아래 모래뿐인 지평선을
단숨에 질주할 듯 노려보기도 하다가
안구건조증의 눈만 감았다가 뜬다, 감았다가 뜬다

내디딜수록 무거워지는 발걸음

닳아 너덜거리는 주름진 살가죽의 낙타 한 마리가

피라미드주식회사 명함뿐인 빈손으로

어푸어푸 마른세수를 한다

건너지지 않는 건널목 앞에

굽은 어깨로 서서 증발할 듯

저무는 오후 모래언덕의 그림자를 씹고 있다

창밖에 절벽 같은 비가 내리는 날

잡히지 않는 전파 때문에 치직치직, 고장 난 라디오가 토해내는 잡음처럼 창밖에 비가 내린다. 벽지에 검게 번진 곰팡이 냄새를 풍기며 시큰거리는 팔목으로 아침이 창문을 두드리고 있다.

잘린 손가락 남은 마디로는 곱게 개지 못하는 축축한 이불 같은 거리로 내모는 것이다.

빗물이 점령해버린 세계, 관절 두어 개 달아나버린 자세로 이디로 가아 할지 모른다는 것은 '일당 없는 날'이라는 거다. 경고음을 울리며 신호등이 색깔 바꾸어 등을 밀어도 길은 떠오르지 않는다. 치지치직, 종일 빗물 속을 젖어 맴돌 뿐이다.

나를 화석으로 만나다

주저앉을 자세였다

기울어진 지붕이며 흙벽까지

떠날 채비였다

어깨를 등산로로 내어준 산골 외딴집

이파리 하나 없는 감나무

아이들 웃음소리가 저녁연기처럼 하늘로 퍼지던 날의 기억을

경전으로 읽고 있는 것일까

내가 몸 기대는 순간 툭 부러져버리는

화석이라는 것 알았다

저벅저벅 지나온 시간을 되짚어 걸어보는

발걸음 소리가 들렸다

벌레 기어간 자국에 남은 바람의 흔적까지

한 올 한 올 건져 올려

여린 가슴으로 읽어내는 생의 기록이 되는 까닭을

죽은 감나무에 기대서서 생각했다

수만 년 후에

내가 지나온 길 따라나설 반가운 나에게

환한 미소를 보내주었다

고양이 가면

고양이가 쓰레기 봉지를 헤집는다
이 행성에서 사라진 푸른 산소라도 발견한 것일까
입을 무중력으로 오물거린다
골목 끝에 나타난 사람 모양의 낯선 은하계에 놀라
담장 밑에 웅크려 자세를
낮출 때도 있다
가로등 불빛에 제 그림자를 비춰가며
오래전 떠나온 별과의 교신을 시도하기도 한다
혀로 털을 핥는 것은
그곳으로 돌아갈 날을 위한 점검이다
슈슈슉 짧은 소란이 일고
새벽, 어둑한 빛의 파장을 따라 걷던
고양이가 공중으로 떠오른다
질주해오는 반대편 차선의 경적 소리
우주 곳곳에 덫처럼 놓인
소멸의 궤도 속으로 사라지는 것이다
미처 가져가지 못하고 도로 위에 떨어뜨리고 간
몸통 잘린 고양이 가면
외계에서 날아왔던 공존의 전언, 그 잔해다

사형집행관

단두대에서 삭둑 잘린 대가리와 몸뚱이를
뒤적이는 사형장의 햇살
사형집행관은 투덜거린다
나무관에 몸뚱이를 먼저 눕혀야 하지만
피가 다 빠질 때까지 기다려야 한다
어디론가 굴러가 버린 대가리를 찾아 두리번거리는 피 묻
은 구두
다가오는 사형집행관의 단정한 얼굴을 바라보는
핏발 선 눈알 두 개
헐떡이며 정지되어가는 시간의 머리카락을 움켜쥐는
오래된 손아귀
피범벅의 대가리가 허공에서 달랑거린다
데굴데굴 관 속에 누워 있는 몸뚱이 위를 구른다
잘린 목구멍에서 벌컥벌컥 뿜어져 나오는 핏물이
뚜껑을 닫고 못질을 하는
나무 관 밖으로 배어 나온다
뚝뚝 떨어져 은하계로 흘러간다
저물녘 집으로 돌아가는
사형집행관 발자국 같은 별이 떠오르는 밤이다

제3부

비극을 관람하다

개가 질질 끌려가며 네 다리로 버틴다
눈알을 뒤집으며 도리질을 친다
이를 악물고 거품 꽃을 피운다
피비린내는 느낌만으로도 맡을 수 있다
개가 몸을 떨수록 목줄을 움켜쥔
사내의 손에 불끈 미소 섞인 힘이 들어간다
콘크리트 바닥을 발톱으로 긁고 두드린다
핏발선 동공으로 무너지는 생을
일으켜 세우려고 버둥거리는 것이다
기름기 번들거리는
사내의 이마에 굵은 핏줄이 돋는다
토해내던 마지막 뜨거운 숨이,
핏물 배어 나오는 덩어리로 나뉘어서
고무대야 속에 처박혀 있다
이것뿐이라는 듯
내장과 발목마저 하수구 쪽으로 던져진 채
개가 허옇게 가죽 벗겨진 눈으로
건너편에서 이쪽을 바라보고 있다

붉은 미소

시퍼렇게 피멍의 꽃이 피어 온몸이 짓물러간다 한들
신음조차 지르지 못했다

해가 떠오르면 길게 줄을 서서 콘크리트 그림자에서
그림자에게로 끌려다녔다

전기 스파크가 폭죽으로 튀고 폐수가 음악이 되어 흘렀다

번들거리는 대리석 가면의 거리에 뿌려지는
눈부신 광고 전단지를 행복이라고 믿어야 했다

내내 물러가지 않는 어둠 속을 허름한 비닐봉지나
너덜거리는 포장지 조각으로 굴렀다

하루가 온다는 것은
금이 간 벽에 걸린 가족사진쯤 간결하게 철거해버리는
쇠망치의 속도로 날아오는 주먹이었다

쿵, 얼굴이 부서지는 순간에도 피범벅의 붉은 입으로

살아 있어 다행이다,

우그러진 하늘을 바라보며 미소 지어야 했다

행려의 잔치

화라락, 머리카락이 녹아내린 뒤
가장 먼저 끓어 증발하는 것은
말라버렸다고 믿었던 눈물 몇 방울이었다
유빙으로 떠돌던 피와 골수와 뇌수 같은 것들
눈알이 지글거렸다
움츠려 펴질 줄 몰랐던 근육이 부풀어 올라
장작처럼 터지며 활활 타올랐다
어눌하기만 했던 혓바닥이 오그라들어 돌돌 말렸다가 풀
렸다가
외마디 방인 중이었다
뼛속까지 얼어붙는 세상이었다
끝내 어디에도 가 닿을 수 없었던 길
지문마저 뭉개져버린 손가락,
발가락으로 쓰러진 여기
어머니 뱃속일까
투둑투둑, 펑, 펑, 겨울 눈보라 내리치는 화장장
불타고 끓고 터지는 소리
음악으로 연주하면서

오랜 그늘에서 수거된 행려(行旅) 하나

최초의 잔치를 벌이고 있다

무대 위에서

용서한다 내가 잘라낸 너의 팔과

팔뚝이 서로 그리워 붉은 피 뚝뚝 흘리는 것

참아주마 길바닥을 뒹굴어 팔딱팔딱 뛰는

너의 머리통 난도질하는 즐거움

기다리마 데굴데굴 구르다가

콘크리트 보도블록 위에

흥건히 뇌수를 흘려놓고 쭈그러질 때까지

사방으로 튀어 흩어진 피와 살점

내 손과 옷을 더럽혔지만

세탁비에 목욕비 받지 않겠다

빗방울 떨어질 것 같은 오후 두 시의 나를,

내 기분의 어깨를 스치듯 지나간 죄

퉤퉤 침 뱉지 않으련다

아직도 바들거리는 몸뚱어리

함부로 쏟아져 나온 내장 못 본 척 눈감아주마

개들이 질질질 끌고 가서

반짝반짝 뜯어먹도록 허락하겠다

너그러이 너그러이

이제 내가 너의 죄를 사하겠노라,

그의 대사는 멈출 줄 모르고 계속되었다

소란

자동차가 너의 두개골을 뚫고 들어가는 순간
나는 햄버거 세트를 기다리고 있었다
유리와 방음의 공법은
직선으로 열 발자국 거리를
아우성과 적막으로 분리한 채 태연했다

날아올랐다고 했다
자동차는 사라지고 스키트마크 위에
붉은 핏덩이가 멈춰서 있다고 했다
놀란 눈알들이
공중에 떠 있다 했다

나는 뒤돌아서서 창밖을 바라보았다
여름 햇살이 거리에 쇳물처럼 흘러넘쳤다

너와 두개골과 자동차와
잠시 깨어졌던 평화 같은,
소란으로 사라진 것들의 목록을 천천히 읽으면서

"맛있게 드세요."

나는 햄버거 세트를 받아들고 의자에 앉았다

아름다운 날의 소풍

쥐어지지 않는 주먹으로 하는 권투였다

들을 수 없는 음역으로 울리는 하늘의 소리를 쫓는 귀처럼

감겨버린 눈에 대해

누구도 다가와 귀띔해주지 않아도

날마다 총탄 자국처럼 돋아나던 피멍이 알려주었다

아래로 위로 좌로 우로 어느 방향으로든

주먹이 닿기 전에 휘청휘청

나를 먼저 흔들어야만 하는 날들이었다

늦은 밤 불어터진 국수를 건져 먹던

가슴마저 중심을 잃고 바닥에 처박히지 않기 위해서였다

끝끝내 바닥에서 일어나지 못하는 바닥,

번쩍이는 주먹에 부릅뜬 눈이

하루도 빗나간 적 없이 날아들었다

쥐어지지 않는 주먹으로 허우적거리는

내 급소를 하품하며 찾아내었다

무릎 꿇기 위해서 차례를 기다리는 굽은 어깨 위로

무너져 내리는 하루해는

눈에 빗장을 거는 무거운 눈꺼풀이었다

승자만이 주먹을 쥘 수 있는 링,

필사적으로 움츠리고 좌로 우로

위로 아래로 비틀거릴지라도 우아해야 한다는

내 아버지의 아버지의 아버지의 꿈을 잊은 적 없다

쓰러져 널브러질 때까지

작은 비바람에도

나는 어두운 허공에 대고 중얼거리곤 했다

들끓는 바다

수면 위로의 항해와 아래로의 침몰은
당신 주머니 속에서도 일어난다
가라앉는 입은 비명을 지르지 않는다
덮쳐온 유빙에 뚫린 구멍으로
펑펑 어둠이 쏟아져 들어오는 계절
가로로 그어졌던 직선 하나가
세로로 기울기 시작한다
불안정한 것은 재빨리 안정을 되찾으려는 속성으로 타오른다
기울어지는 햇살을 견디지 못하고
깨어져 박살나는 반짝이던 유리잔의 날들
수면 위를 날렵하게 떠가는
가로로 그어진 지구 위에 모든 직선은
궁극에는 구부러진다는 것
당신은 아시는지
수면 그 아래의 리듬에 휘감겨
세로로 뒤척이는 가로였던 직선
노숙처럼 가라앉아 항로를 잃고 말을 버린 채
핏발선 두 눈 온 힘으로 감고 있어도

다시 솟구칠 자세,

아무리 깊은 바닥이라 하더라도

몸으로 경련처럼 들끓고 있는 것이다

한없이 구부정하게

그의 그림자가 내 그림자를 덮쳐오는 동안
햄버거 가게 간이 천막 아래에서
어떤 생은 햄버거 속이 되려고 익어가기도 하고
그 앞에 줄을 서서 그림자만이라도 꼿꼿하리라
꿈을 꾸는 동안
어느새 쇠발자국 소리를 울리며 그의 그림자가
내 그림자를 삼켜댄다는 것이지
바닥에서마저 먹이가 되어버린
내 그림자를 발로 툭툭 차거나
빨리 꺼져버리라는 듯
나는 몸을 더 작게 웅크린다는 것이지
사방에서 달려드는 번쩍이는 콘크리트 절벽들,
내 그림자를 다 먹어치워버렸을 때에도 나는
그가 될 수 없다는 사실이 싸구려 햄버거로
포장지에 싸이고 있다는 것이지
이제 그림자마저 가지지 못한
내가 까닭 모를 진동으로 흔들리는 세상을 두리번거리면서
햄버거를 씹어 먹는 동안

햄버거가 나를 씹어 먹는 동안

언젠가는 이 거리에 햄버거만 남고

나는 사라지고 없을 것이라는 예감이 드는 동안

그의 그림자 속에

구부정하게 포로로 갇힌 채

나는 주저앉으며 입을 우물거리고 있다는 것이지

생은 너무나 길어 보였다

청춘이었지만 아닌 척 태연해야 했던 공장 뒤편

야트막한 산자락 작은 쉼터에

들국화가 피어 있었다

간단히 먹는 도시락 같은 생

짧은 점심시간은 남아 천천히 다가가서

바람에 흔들리는 들국화를 꺾었다

그 옆 의자에 앉아 뱅글뱅글 돌렸다

물기 같은 것이 손가락에

비명으로 묻는 듯했다

순간 피가 뿜어져 나와 쉼터를 메우기 시작했다

꺾여 죽은 꽃들이

아우성을 치며 둥둥 떠다녔다

팔이 떨어져 나간 꽃, 다리가 떨어져 나간 꽃, 모가지뿐인

꽃이 울부짖으며 소용돌이를 만들었다

　나는 들리지도 보이지도 않는다는 듯

　들국화를 던져버렸다

　가을날 낭만적이던 기분이 시들해졌다

　의자에 앉은 채,

바람에 이리저리 자세나 바꾸면서

그 짧은 점심시간이 끝나기를 기다렸었다

물고기에게 배우다*

수달은 잡은 물고기를 꼬리부터 뜯어먹는다
버둥거려 놓치는 일이 생겨도
꼬리가 없으니
도망가지 못한다는 걸 알고 있는 것이다
두 눈 멀뚱히 뜨고 물고기는 수달의 입속으로
들어가는 자신을 바라본다
등지느러미에서 뱃살까지 뭉턱뭉턱
수달이 성찬을 누리는 동안
경련처럼 파닥파닥 몸을 떨어 물고기는
지상에 남아 있는
자신의 무게를 어림해본다
훤히 꿰고 다녔던 길들이 지워져가는 것을
확인하며 손을 흔드는 것이다
깊고 따스했던 물의 층마다
가슴 부비며 살았던 황금빛 시절
수초 사이에 두고 온
어린 핏줄들까지

아작아작 뼈가 씹히는 소리에

물고기는 입을 뻐끔거려 작별의 노래를 부른다

* 제목, 맹문재 시인 시 제목에서 빌려옴.

다정한 휘파람 소리

피가 뚝뚝 떨어지는 칼을 든 사내가 순순한 얼굴로 둔갑하려고 두리번거린다

기억나지 않는다는 눈빛이다 그림자의 흔적마저 깨끗이 지워야 할 권리가 있다는 자세다

쾅쾅 묻어 덮어버리면 된다, 부들부들 떨며 피투성이 손이 끝까지 쥐고 있던 햇살 한 줌의 반짝임쯤 번들거리는 암흑 속으로, 사내가 웃으며 달린다

아침마다 친구와 조깅을 하던 속도와 리듬이다 어디선가 신음이 들려왔지만 쇠발자국 소리에 짓밟혀 묻혀버린다 꿈꾸듯 흘러가는 평화롭기만 한 세계,

사내가 핏물을 씻고 휘휘휫 새 옷으로 갈아입으면서 해맑은 미소로 부는 휘파람 소리 들려온다

전갈

끝내 비가 내리지 않는 세계다 스치는 안개의 물기로도 오지 않을 내일은 환각의 또 다른 얼굴일 뿐

목구멍으로 피를 토해 갈증을 달래야 하는 삶은 아름답지 않다

디디고 선 지상이라는 것이, 발목에서 머리끝까지 푹푹 빠져드는 아가리다 그 아가리가 씹다가 뱉어버린 야윈 목숨들이 매달려 있던 뼈마디가 쓰레기로 굴러다니는 거리

저마다 한 줌씩 꼬리에 감춘 독은 서로를 배려하는 동병상련의 예의이다

사막의 시간 속을, 퍼석이는 모래바람으로 떠도는 몸짓들의 사라져버린 평원, 굽이치는 물줄기를 향한 타는 그리움이기도 한 것이다

지랄이라는 씁쓸함

칼로 손등을 내리찍는 도박판이다
문은 잠겨 있으므로 탈출할 길 없는
산소 부족한 물 위를 떠다니는
뒤집힌 물고기 눈빛이다
호흡의 곤란이 즐거운 생활이 된 지 오래
손등에서 흘러나온 핏빛 적막이
널브러진 몸뚱이를 적신다
목숨에 공급되는 치사량에 조금 못 미치는
비리고 눅눅한 햇살
훅 하루를 덮쳐오는 피 냄새를 맡고 나서야
아직 살아 있는가
고름 엉겨 붙는 삶을 발견하곤 한다
아무 패도 쥐고 있지 않으므로
칼에 찍힌 손등 아래 감춘 것이라고는
텅 빈 바닥뿐,
길은 없다는 것 모른다
모르는 척하면서
서로에게 몰려들어 뻔한 패를 돌리는

너무나 뻔한 사람들

칼을 갈고, 가슴에 품고, 지랄들이다

제4부

전철에서 졸다

점심시간이 끝난 오후 두 시, 소화되는 밥으로 가득 찬 전철은 운동하는 위의 활력으로 달린다

부족해도 너무 많아도 거북할 수 있는 사정이라지만 위는 생각이 없는 생각이므로 전철 안의 풍경은 소화작용 이상의 것은 없다

끼기 끽 전철이 곡선 구간을 돈다 밥과 밥이 한바탕 뒤섞이면서 통제 불능의 낡은 트림으로 기화하는 것이다

순간, 번쩍이는 인류의 문명과 그 숭고한 역사(歷史)라는 것역시 점층적으로 이어지는 연동운동일 뿐이라며 꾸벅거리는당신

위에서 위로 연결된 시간 속을 달리던 전철이 멈추면, 밥은 하루로 분해되는 찌꺼기의 걸음으로 뿔뿔이 졸음 밖 햇살의 위 속으로 이동해간다

지나간 생을 만지작거리다

찐빵을 사 먹던 곳이 꽃집으로 바뀌었다
찐빵들은 어디에 가서 무얼 하나
솟아오르던 뜨거웠던 김은 잘사는지
소식도 모르는 날들
눈이 날리고 비가 쏟아져도 대답 없이 분식집으로
몇 번인가
바람에 은행나무 노란 이파리가 떨어지더니
희극에서 비극으로 뚝딱뚝딱
영화의 장면이 바뀌듯 철물점으로 흘러갔다
걸음을 멈추고 낯선 시간 앞에 서서
나는 중얼거리다
저곳에서 찐빵을 먹으며 웃었는데
벽과 천장과 바닥에까지
주렁주렁 널려 있는 서먹하기만 한 쇳덩이들
옷만 바꿔 입고 모르는 척하는 것은 아닌지
접시 위에 소복이 담아
입에 넣고 우물거리면 그때 찐빵 맛이 혹시 날까
철물점 안으로 들어가서
칼이나 망치 자물통을 만지작거리다

저녁 식사

구운 생선살을 발라 먹는다
거센 해류 꿈틀거리는 속살에
침이 흥건해진다
천적을 피해 달아나던 공포의 떨림이 쫄깃해서 달다
첫사랑을 따라 살랑살랑 헤엄치던 이야기가
씹으면 고소한 즙액으로 배어 나오기도 한다
대가리를 쪽쪽 빨면 부드러운 뇌수를 만날 수 있다
수심 깊은 바닥에서 보낸
생을 짓누르던 수압의 상처가 두꺼울수록
들큼하게 혀끝에 오래 머무는 것이다
눈알을 빼 먹는 것은
더는 물속이 아닌 세계를 보지 말라는 배려이다
어버이로 부부로 자식으로 살았을 날들,
퉤퉤 식탁 위에 뱉어낸 수북한 뼈의 모양으로
그때의 길흉을 점쳐보는 것이다
대낮같이 밝은 전등 불빛 아래
어떤 가족이
모가지 길게 빼고 식탁에 둘러앉아
저녁을 먹으며 즐겁게 웃는다

만화영화 속으로

검정 목탄으로 그린 화면은
가라앉아 무너질 구조였다
등장인물들은 움직일 때마다
사라졌다
테두리 지워진 얼굴로 나타났다
지문마저 빠져 있는 줄거리는
귀를 막아도 들려오는
울음과 구별되지 않는 대사뿐이었다
덧칠에 덧칠한 의상에
각혈 섞인 신음 새어나오는 배역들로 붐볐다
배경음악은 심장 박동 소리가 전부였다
불빛 하나 없는 도시 뒤편을 굴러다니는
장면의 연속이었다
곰팡이가 낄낄대며
벽과 천장을 까맣게 점령해버린 순간,
필름이 끊어지기도 했다
연중무휴 동시연속으로 상영되는
목탄가루 검게 번진

만화영화 속으로

무슨 까닭인지 사람들이 줄을 서서

거뭇거뭇 이주해가고 있었다

전어의 궤도

바다가 사라진 바다의 형식이다
꿈꾸던 세계에 도착한 것인지
전어가 상처투성이 지느러미를 바쁘게 흔들어댄다

용궁에 와 있는지,
용왕의 호위무사라도 되는 건 아닐까

형광등 불빛 사이로 솟구치는 공기 방울에
아가미 가득 산소를 들이켜보지만
달콤 짭짜름한 파도의 맛이 아니다

불빛 휘황한 먹자골목,
궁리하는 듯 주둥이로 두드리고 살필수록
콘크리트 빌딩에 부서져

바닥으로 가라앉는 저 한숨 무늬 비늘들
어느 밤, 배 위로 끌어올려졌던

그 순간처럼

바다가 없는 바다 속으로 뜰채가 밀려들어 온다
수족관 안을 몸부림치며 맴도는
전어의 궤도가 낯설지 않다

낡은 필름 속 사람들

태풍이 오고 단풍이 오고 눈이 오고 봄이 오고
실직이 오고 뒹굴뒹굴 내내 뒹굴거리는

낡은 필름 돌아가는 내 방
벽과 천장 바닥까지
흑백의 영상 속에는 비가 내린다

화창한 햇살의 장면에서도 비는 내리고
흘러간 구름의 개수만큼 바래버린
늙지 않는 얼굴들이 나타난다

누구는 세상을 떠났고 또 누구는
지워진 이름을 끌고 기억의 골목 뒤편으로
자취를 감춰버린,

지금은 어디에서 무얼 먹는지
눈을 끔뻑이고 있는지도 모르는 사람들이

사랑하고 헤어지고 웃고 운다

똑똑 벽을 두드려 인사하려 해도
배경으로 지나가는 바람조차 눈길 한 번 주지 않고
다가갈 수 없는 저쪽과 이쪽 사이

빗발만 굵어진다

유령들의 집

늦은 밤 회귀하는 그의 발걸음 소리가 들린다
복도 양쪽으로 나뉜 열 개의 방은
열 개의 귀
다가갈 수 없는 그를 조립하고 해체하는 도미노 조각들이다

누구도 그와, 그를 상상하는 그와
그를 상상하는 그를 상상하는 그와 눈인사조차 나눈 적 없다
기댄 채 음 소거로 우는
벽을 사이에 둔 유령이랄까

비밀번호를 누르는 소리가 들린다
낯선 음으로는 결코 웃음 짓지 않는 세계
그가 자신의 궤도 속으로 사라진다

퍼석거리는 하루의 햇살을 영혼인 듯 벗어놓고
구겨진 몸을 씻는 속도
그 느린 구동 속도에 대해

깜빡깜빡 욕실 등이 투덜거린다

그가 젖은 머리로 침대에 걸터앉아
닦아도 마르지 않는 몸을 인사하듯 닦는 동안
누군가 내 방 안을
어제처럼 걸어 다니는 소리가 들려온다

술의 방법론

내 꿈은 술병 안에 들어 있습니다
마법으로 가득 찬 그것이 얼마나 눈부시던지
빈 술병을 보면 그 안에
하늘마저 집어넣어야 한다는 확신에 빠집니다
고개 들어 바라보면 언제나 캄캄한 절벽
넣어두었다 꺼내면
나를 빵빵하게 떠오르게 해줄 것을 믿습니다
거리에 버려져 깨진 술병을 만나면
가누기 힘든 회오리에 휘감깁니다
누군가 실낱같은 꿈마저 버렸다는 것
늘 그처럼 내 앞에서 자취를 감추는
희뿌연 나날을 바라보곤 합니다
그러나 울지 않습니다
출렁이며 술은 끝없이 술병에 차올라
내 앞으로 다가오니까요
밝아오지 않는 세상 비틀거릴지라도 멈추지 않습니다
그것뿐입니다
주저앉는 나를 일으켜
황금으로 빛나게 해줄 당신을 찾아갑니다

버려진 나사

내가 두드리는 자판과
모니터에 떠오르는 글자가 어긋나는 순간이 쌓여간다
나는 왜 나에게 타전되지 않는지
어디로 실종되는 것인지
손가락이 손가락으로 옮겨지지 않고
발가락이 발가락으로 옮겨지지 않는 일상이
이어지기만 하는지
겉돌아 헤매 다니는 거리
풍경 위에 나를 스캔해보지만
모니터에 나타나는 것은 내가 아닌듯하다
무엇이 가로막는 것일까
조각조각 해체하는 것인지
마우스를 움직여 안간힘을 쓸수록
캄캄히 이탈해가기만 하는 나날,
나의 정체를
기계의 형식으로 실시간 통보하며 경고하는
당신은 누구인지

무협의 세계

고요는 찢겨서 조각으로 뒹군다

쟁투를 벌이는 칼에
죽은 새의 깃털보다 잘게 잘린 햇살이
무림의 거리에 흩어져 있다

번쩍이는 빌딩 창문 몇 개쯤
수하로 거느린 무술의 고수인 척 흉내라도 내어야 한다
색색의 조명 뒤편에 자신을 숨긴 채
적을 노려 눈을 번뜩이는 것이다

황금빛 왕관은 단 하나뿐이므로
칼에 베여 토막 난 것은
이슬방울이라 하더라도 다시 아물지 않는다
비명으로 지워져갈 뿐이다

시퍼렇게 날을 세운 몸짓들이 무리 지어

결사의 표정으로 나타난다

햇살 부스러기를 밟으며
오늘도 핏빛 도시 신호등 깜빡이는 건널목 강을
필살기공의 검법으로 건너간다

제5부

황금빛 바람이 부는 거리

내 상체가 바람에 자꾸 지워지는
오후였어
지워진 상체 때문에 불편해진 자세로
당신과 마주앉았지

번쩍이는 당신의 이야기에는
내가 숨 쉴 공기 따위는 없었어
서로 다른 행성에서 온 것일까
내 발끝만 물끄러미 바라보아야 했지

살을 벨 듯 번들거리는 거리
눈빛만으로 알아차려야 하는 당신과
나의 고도에 대해
피멍의 문신으로 새기는 바람 바람

배시시 지어보이는
황금빛 미소
당신과 헤어져 돌아오는 동안
내 하체마저 지워져 적막하였어

사랑의 기억

폭풍우 몰려오는 밤, 거리에 버려져 춤추는 오르골 인형
거세지는 비바람에도 무너지지 않는 자세
점점 크게 들려오기 시작하는 음악

짠, 짠, 짠, 짠, 사내의 눈동자가 발끝으로 흘러내려
발끝에 눈동자를 달고 탕게로 탕게라

빗물이 그녀의 광대뼈를 뒤통수 쪽으로 밀어대지만 탕고
한 곡
난파선처럼 흔들리는 지상, 사내는 천둥과 번개에 찢긴
그녀의 허리를 가까스로 가로등 불빛 쪽으로 당기며 리드
한다

어긋나 비스듬히 솟아오른 그녀의 어깨
팔로 감싸 비에 젖는 지평선과 균형을 맞춘다

탱고는 흐른다 비를 타고 스텝을 옮길 때마다 삐걱대는
사내의 꺾어진 뼈마디를 잡고

회전하는 금이 간 그녀의 상체 빗물에 녹아 신음을 흘린다

가라앉고 있는 것일까
버려진 것들 굴러가야 하는 하수구 속으로

토막 난 그녀의 손가락이 바닥에 떨어진 사내의 눈동자를
집어 들고
폭풍우 속에서 조용히 들썩인다
우리를 세상에 단단하게 고정시켜주세요

ㄹ

아직도 ㄹ의 생존법을 모르십니까

휘리릭 칼날이

당신의 살점을 다 베어버리기 전에

서둘러 모든 관절을 꺾어야 합니다

발끝에서 머리끝까지 잘 꺾이지 않는 부위는

말랑말랑한 인공관절을

갈수록 더해지는 고통에 섞어 시술해야 합니다

시기를 놓치면 멀쩡한 뼈가

조각조각 부서질 수도 있습니다

아시잖아요 림보 게임을 하는 것입니다

바닥에 바짝 붙어 다니는 생이 안전하니까요

당신이 손에 쥘 수 있는 카드는 그것뿐입니다

고개 쳐들었다가는

번쩍이는 구둣발 밑에 쓰러져 통곡입니다

네 번 꺾는 것은 기본자세일 뿐입니다

으스러져 성한 곳 하나 없다 해도 멈추거나

쉬어선 안 됩니다

꺾은 몸을 다시 꺾는 것입니다

날마다 자세를 확인하면서

점점 더 낮은 고도를 찾아가야 합니다

레고의 세계
— 히키코모리

계단을 내려가며 쿵쾅이라고 내가 중얼거린다 중무장한 헬기가 공격해올지 모르는 날이다 지붕 위에 레이더를 작동시키고 대문 옆에는 개집을 만든다 나를 뒤쫓는 탐지견들을 처리해줄 것이다

수상한 구름이 기웃거리는 비딱하게 선 굴뚝 뽑아버릴까 밤새 해체되었다가 복구된 길을 걷는다 마트, 마트에는 천사와 악마가 있다 삼십 초 후에 폭발음과 함께 들려올 속보에 대해 생각한다

햇살을 서서히 투명에서 핏빛으로 변하게 해야겠다 녹아 늘어진 테이프의 음률로 거리에 비명이 울려 퍼지게 한다 수백 개 주먹을 가진 추격자의 발자국이 어지럽게 찍힌, 세계를 둥둥둥 공중으로 들어 올린다

초콜릿과 콜라를 든 피투성이 손이 밖에서 문을 두드린다 레고 속으로 더 깊이 뛰어들어야 할 순간이다

조립

오늘은 약간 높은 코를 고른다 코가 낮으면 전투적이지 않다 피부를 녹이는 느닷없는 빗방울을 만나더라도 화사한 미소를 유지하기 위해서 얇고 파리한 입술은 쓰레기통에 버린다

적을 위협하는 각진 느낌의 광대뼈가 좋겠다 새로 산 엉덩이의 탄력을 점검하는 동안, 왼쪽 눈썹이 뒤통수 쪽으로 미끄러져 움직인다 느슨한 볼트 조임은 이 행성의 오랜 고민이다

눈알이 자꾸 빠지려는 까닭은 구부러진 햇살 때문이다 죽은 나무들 사이로 플라스틱 안개 바람이 몰아치는 아침, 무너져 내리는 척추를 붙잡고 일회용 두 다리로 부풀어 오르는 지평선 위를 걷는다

나쁜 버릇

툭, 목이 바닥으로 떨어졌다
가슴에 안고 있던 서류가 바람에 흩어졌다

계단을 내려가는 목이 없는 그림자를
나는 늘 보았다
이런 경우 발걸음 소리가
시선을 돌리는 눈동자의 속도로 멀어진다
두고 간 목만 바닥에 뒹굴게 된다

그때 양치질을 하고 돌아온 것처럼
재빨리 상쾌해진 사무실은
적정 온도가 유지되어야 피가 부드럽게 흐른다고
누가 의사처럼 말하는 것이다

창문을 열어 환기를 시키는 동안
오래 가꾸던 화분에 숨어 떨고 있던 표정마저

치워져 사라지게 된다

그것을 바라보다 안녕,
혼자 중얼거리는

버릇이 생겼다

봄날은 간다

별 몇 개 걸린 구멍 같은 창밖,

빈 밥상 위에 물병이 쓰러져 있다

차갑게 식어버린 지 오래인 방

TV만 묵음으로 중얼거리고 있다

바람이 불 때마다 벚꽃이 떨어진다

따듯해진 공기를 타고 흰 꽃잎이

도시의 밤하늘로 떠오르기도 한다

다가온 적 없는 잊힌 사람들 말소리가

두런두런 골목 저쪽으로 지나간다

우유팩을 잘라 만든 화분에는

이름을 알 수 없는 식물이 살았던 흔적이 있다

종언(終焉)의 자세는 부스러기일까

보온에 멈춰 있는 전기밥통

TV 화면이 밝아질 때마다

살점 듬성듬성 남아 있는

벽에 기대앉은 백골이 보이는 것이다

어떤 근황

베란다 구석에 버려두었던 상자를 열자
김이 모락모락 솟는 머리가 나온다

신발장에서 발가락이 굴러떨어진다 독촉장 고지서에 섞여
있는 발목과 다리를 골라낸다 장롱 속 먼지 수북한 서류가방
에서 튀어나온 혀가 쏟아내는 비명과 욕설

방바닥에 흩어져 있던 부러진 뼈마디들, 하나씩 끼워 맞춘다

스쿠터 소리가 들리더니 배달원이 일회용 그릇에 담긴 잊
었던 심장을 건네준다 어긋나 삐걱거리는 허리를 소파 밑에
서 간신히 찾아내고 나서야 거실에 나와 비슷한 물체 하나
흥건하게 흐르는 식은땀을 닦는다

몰아치는 비바람 눈보라는 언제나 끝이 날까
벌써 어둑어둑해진 창밖
밤이 쾅쾅 못을 박아 다시 덮어버린다

혀의 밀림 속을 걷다

빌딩의 그림자는 혓바닥이다
달리는 차량의 흐름을
방해하기도 하고
하수구 맨홀 속으로 밀려들어
지구의 내부를 염탐하기도 한다
악어의 강을 건너는 누처럼
온몸을 쫑긋거린다
한 입에 삼키려고 달려들지 모르는
거대한 촉수들
올려다볼수록 머리 끝
구름 위로 솟구치기만 하는
빌딩들의 서늘한 눈빛 좀 봐,
으득으득 씹어 먹고
껍데기 뱉어버리는 적막한 거리
숨겨진 허기 우글거리는
오후의 도심을
나는 시계 초침의 속도로 걷는다

소외

이상한 날이었다 지붕이 구부러졌다 거리에 유리창이 가
로수가 구부러졌다 간판이 구부러졌다

꿈일 거야 누군가에게 물었지만 대답은 돌아오지 않았다
길이 구불거렸다 귀가 구부러진 사람들이 지나갔다 눈도 코
도 입도, 구부러져 있었다

구부러진 햇살 내리는, 구부러진 지평선 위를 마음을 부둥
켜안고 걸어야 했다 직립이 무서웠다

마음 도시의 지옥도

김종훈

　김유섭의 첫 시집 『찬란한 봄날』의 첫 시는 「찬란한 봄날」이다. "나무들이 물고기처럼 숨을 쉬었다"로 시작하는 시는 아이들이 하굣길을 물고기처럼 유영하다 '환한' 엄마의 손을 잡는 장면을 그린 뒤, "누구나 헤엄쳐 다니는 봄날이었다"라는 말로 마무리된다. 2014년 4월 16일을 기억하는 한국 사람은 이 장면을 무심히 넘기기 어렵다. 304명이 물속으로 가라앉는 모습을 무참히, 무능력하게 화면을 통해 보고 있었다. 절반 이상이 학생들이었던가. 잔인한 봄이 지나갔다. 아니 잔인한 시간이 흐르고 있다. 시인들은 제 글이 제 몸이라는 것을 증명하려는 듯 참사에 즉각적으로 반응했다. 그 시의 모습은 가라앉은 사람들이 그러하듯이 모두 제각각이었다. 누구는 길게 탄식했고 누구는 침통해했다. 이 시가 세월호 참사를 보며 쓴 것인지는 확실치 않다. 확실한 것은 줄곧 시집에 나타나는, 참사를 대하는 김유섭의 일관된 태도이다. 시를 확인해보자.

> 물살을 일으키며 지나가는 문구점
> 간판이 물풀처럼 흔들렸다
> 자동차가 길게 줄을 서서
> 수만 년 전 비단잉어의 이동로를 따라
> 느릿느릿 흘러갔다
> 물거품으로 떠다니는 꽃향기 속
> 수심을 유지하는 부레 하나
> 박제된 듯 정지해 있었다
> 위이잉, 닫혔던 귀가 열렸다
> 아이를 기다리던 엄마가 환해지며
> 비늘 없는 작은 손을 잡았다

—「찬란한 봄날」 부분

지상은 수중으로 바뀌고, 아이는 부레를 확인하고 안도한다. 그는 구조된 자와 받지 못한 자를, 지상과 수중을, 이편과 저편을 구분하지 않는다. 그러므로 구조된 자가 그렇지 못한 자를 애도할 수 없으며, 지상에 있는 자가 수중에 남은 자를 기억하지도 잊지도 못한다. 애도와 연민의 감정마저도 그에게는 사치스러웠던 것일까. 그는 아예 이 세계를 저 세계로 만들어버린다. 세상의 모든 곳이 지옥이다. 그리고 희망은 지옥의 끝자락에 부레처럼 떠 있다. 고통의 끝까지 맛보아야만 희망의 기미라도 겨우 볼 수 있는 것이다. 『찬란한 봄날』을 지배하는 것은 도저한 고통의 이미지이다. 동시에 그것은 김유섭이 자신의 고통을 달래는 방법이자 이 세계가 지닌 고통의 단면들이다.

지옥의 광기에 사로잡힌 눈알이
곳곳에 비수로 도사리는 거리
(중략)
검붉은 피얼룩은 흔한 것이어서
어디에나 펼쳐져 있는 겨울 도시

— 「겨울 도시를 목격하다」 부분

먹이를 향해 달려가는
번뜩이는 굶주림,
피비린내가 점령해가는 도시
통로 끊긴 익명의 섬이었어

— 「밤의 드라큘라」 부분

낮은음으로 웅얼거리는 눈빛들이
날마다 전리품으로 소금에 절여졌다
강철 오선지 끝자락에 매달려서
흔적으로 남아 너덜거렸다
도시는 바람이 불 때마다
장송곡의 음률을 끝없이 게워내고 있었다

— 「낮은 음표들의 도시」 부분

김유섭 시는 도시를 배경으로 펼쳐진다. 도시가 가리키는 뜻은 명확하다. 거짓 행복을 선전하는 장소(「태연한 생」)이자, 밤에

휴식을 제공하는 대신 피를 빨아먹는 곳(「밤의 드라큘라」), 공동체를 붕괴시키는 곳이 그가 인식하는 도시인 것이다. 이를 그의 시적 개성이라 말하기는 어렵다. 많은 이들이 굳이 그의 시를 보지 않더라도 도시를 그리 여기지 않을까. 주목해야 할 지점은 표현이다. 그의 시에는 도시의 구체적인 지명이 없다. 이름 없이 도시라는 말만 가득 찬 시들을 어떻게 이해해야 하나. 왜 그는 도시를 계속해서, 서울이건 부산이건 광주이건 다른 곳이건 구체적인 지명 없이 반복해서 말하고 있는가.

그의 시선에 포착된 도시는 "검붉은 피얼룩은 흔한 것"일 만큼 피가 흥건히 배어 있다. 피범벅의 현장에는 "식욕을 돋게 하는/비린 피 냄새"(「기계적 작동」)가 진동하며 "빠르게 소용돌이치면서/붉은 핏물이 섞여들기도 했다"(「핏물 흐르는 날들」) "배를 채울 수 있다면/무엇인가의 뼈에 붙은 살점이나/꾸덕꾸덕 말라 굳어진 핏덩이/광대뼈가 함몰된 얼굴이라도 좋다"(「밤의 고양이」)며 고양이는 먹잇감을 찾고 "잘린 목구멍에서 벌컥벌컥 뿜어져 나오는 핏물"은 "뚜껑을 닫고 못질을 하는/나무 관 밖으로 배어 나온다"(「사형집행관」). 이 글의 아주 긴 분량을 피 흘리는 장면의 인용으로 채울 수 있을 만큼 그의 시는 피와 더불어 살점과 뼈와 인육 등이 넘쳐 난다. 하드고어라는 명칭을 시집에도 적용한다면 김유섭의 시집은 거의 제일 앞자리에 설 것이다.

그런데 이상한 것은 피를 흘리는 사람도, 피를 흘리게 한 사람도 보이지 않으며, 정서의 제어 아래 마치 전시되는 것처럼 피가 흐르고 있다는 점이다. 그렇다면 사람이 아니라, "번뜩이는 굶주림"을 안고 "피비린내가 점령해가는" 도시 그 자체가 가해자인가. 심지어 "장송곡의 음률을 끝없이 게워내고 있"는 주체도 도시 아닌가. 이와 같은 추정을 막는 것은 도시의 구체적인 이름을 말하지 않는 그의 태도이다. 거기에는 이름을 불러 대결하겠다는 의지보다는 뭉뚱그려 회피하려는 마음이 깃들어 있다. 그는 피를 흘렸던 사건과 어느 정도 시간적 거리를 확보했으나, 심리적인 면에서는 그 거리를 유지하지 못하고 있다. 도시는 가해자가 아니라 가해자를 언급하기 싫어 선택된 증상이다.

앞서 동정의 여지를 없애기 위해 살아남은 자와 죽은 자의 구분을 지운 것처럼 누군가를 떠올리지 않기 위해 가해자와 피해자의 구분도 없앤 것일까. 모두 떠나버린 빈터에서 시는 거주자들이 지금 어디에 있는지 말해주지 않는다. 단지 도시가 곧 그의 마음을 대변하고 있으며 지옥을 형상화하고 있는 점만 알려준다. 그것으로 우리는 추정할 수 있다. 마음의 지도는 곧 지옥도라는 것을. 그리고 그 지옥도는 타인의 부재와 흥건한 핏물로 완성된다는 것을.

죽어 주인의 허리춤에 매달린 여우를 힐끔거리며
아스팔트 검은 길을 따라 휘청휘청
오늘도 개들이 밥과 처자식이 있는
더 깊은 꿈속으로 돌아간다
　　　　　　　　　　　　　　　　—「여우 사냥」 부분

사실 시 장르에서 타인이 꼭 등장할 필요는 없다. 그러나 피는 낭자한데, 폭력이 있었던 순간이나 피를 흘리게 한 자에 대해 언급이 없다면 사정은 달라진다. 김유섭의 시에는 자아가 충만하여 타인이 부재한 것이 아니라 자아가 상처를 받아 타인의 등장이 지체된다. 독자는 그의 시에서 사람을, 심지어 가족을 만나려 해도 "더 깊은 꿈속으로 돌아"가야 한다. 이들이 안식을 주는 존재라도 사정은 마찬가지이다. 아니 오히려 그렇기 때문에 더 깊은 곳에 이들이 숨어 있다. 「여우 사냥」에도 죽어 주인의 허리춤에 매달릴 비정한 세계와 대비되는 곳에 처자식이 있다. 그곳은 꿈속이다. 각성의 시간에 들어서기 위해서는 인용시의 '개'처럼 변신 절차를 거쳐야 하는데, 그의 마음에 닿기 위해서는 이삼중의 관문을 통과해야 한다.

"눈을 끔뻑이고 있는지도 모르는 사람들이/사랑하고 헤어지고 웃고"(「낡은 필름 속 사람들」) 우는 모습은 현실이 아닌 필름 속에서 연출된다. 온전한 사람들은 비현실에 있는 반면 현실에는 이상한 존재들이 있다. "기댄 채 음 소거로 우는/벽을 사이에 둔 유령"(「유령들의 집」)들과 같은 존재들. 그마저도 아니면, "사람들은 붐비는 전철이나/공원에 앉아서도 사람의 살점을 씹어 먹었다"(「기계적 작동」)에서 확인할 수 있듯 차라리 좀비로 변한 일인칭. 김유섭의 시에서는 모습을 바꾼 대상과 현실이 자아의 고독과 끔찍한 과거를 환기한다.

각혈 섞인 신음 새어나오는 배역들로 붐볐다

배경음악은 심장 박동 소리가 전부였다
불빛 하나 없는 도시 뒤편을 굴러다니는
장면의 연속이었다
곰팡이가 낄낄대며
벽과 천장을 까맣게 점령해버린 순간,
필름이 끊어지기도 했다
연중무휴 동시연속으로 상영되는
목탄 가루 검게 번진
만화영화 속으로
무슨 까닭인지 사람들이 줄을 서서
거뭇거뭇 이주해가고 있었다

—「만화영화속으로」부분

만화영화가 무대인 곳에서 사람들은 "각혈 섞인 신음"을 뱉
고 있다. 일시적인 소망을 충족하기보다는 현실의 잔혹한 일면
을 보여주기 때문인지 이 만화영화는 재미가 없다. 극적인 재미
는 여기저기서 희생된다. 배경음악은 심장 박동 소리로 채워졌
고 곰팡이는 필름을 끊어뜨릴 기세로 번져가고 화면은 검정 목
탄으로 그려졌다. 도시 뒤편에서는 사람들이 눅눅한 얼굴로 나
타난다. "무슨 까닭인지 사람들이 줄을 서서/거뭇거뭇 이주해가
고 있었다." 사람들이 좀비가 되어 익명의 도시를 떠돈다. 정확
히 말하면 그 도시를 가림막 삼아 숨어버린다.

터져버린 핏줄에서 질질
흐르는 피가 불길처럼 사방으로 번져갈 때면

경기장은 서로에게 돌진하는
피투성이 눈알로 들끓는 도가니였다

　　　　　　　　　　　　　　—「눈알들」 부분

너의 머리통 난도질하는 즐거움
기다리마 데굴데굴 구르다가
콘크리트 보도블록 위에
흥건히 뇌수를 흘려놓고 쭈그러질 때까지
사방으로 튀어 흩어진 피와 살점
내 손과 옷을 더럽혔지만
세탁비에 목욕비 받지 않겠다

　　　　　　　　　　　　　—「무대 위에서」 부분

　　피가 터지는 곳은 경기장이고 무대이다. 여기에서 우리는 김
유섭의 어떤 다른 시보다도 잔인하면서도 활기찬 화자와 용솟
음치는 피를 볼 수 있다. 「눈알들」의 눈알에는 피투성이가 들끓
고 피가 불길처럼 번져간다. 「무대 위에서」에서는 '나'가 그의
머리통을 난도질했기 때문에 피가 사방으로 튀어 흩어진다. 뇌
수가 흐르고 살점과 피가 튀는데도 '나'는 세탁비와 목욕비를
받지 않겠다고 한다. 다분히 악의적이다. 삶의 터전이 아닌, 삶
을 대신한 장소가 마련되자 과장된 상황이 연출되고 있는 것이다.
　　김유섭의 지옥도는, 그의 위악은, 이름과 기억을 담보로 완성
된다. 텅 비어 있는 곳에서 울려 퍼지는 그의 목소리는, 단호하
지만 듣는 이가 없다. 도시는 이름 없이 그를 옥죈다. 익명의 사
람들은 잠 속에 피신해 있거나 무대를 마련해 나타나거나 아예

좀비가 되어 거리로 출몰한다. 피가 낭자한 이유는 밝혀지지 않는다. 익명과 망각은 그의 시에 있고 이름과 기억은 그의 시에 없다. "쉼터를 메우기 시작"한 피는 "아우성을 치며 둥둥 떠다니는 "꺾여 죽은 꽃들"(「생은 너무 길어 보였다」)이다. 활짝 핀 꽃을 본 사람은 그이지만, 그는 여기에 대해서 입을 다물고 있다.

> 토막 난 그녀의 손가락이 바닥에 떨어진 사내의 눈동자를
> 　집어 들고
> 　폭풍우 속에서 조용히 들썩인다
> 　우리를 세상에 단단하게 고정시켜주세요
> 　　　　　　　　　　　　　　—「사랑의 기억」 부분

그녀의 손가락은 토막 났고 사내의 눈동자는 바닥에 떨어졌다. 시인의 내면에는 폭풍우가 치고 있으며 신체는 훼손되어 있다. 그는 이 상황에서 "우리를 세상에 단단하게 고정시켜"달라고 기원한다. 김유섭은 이번 시집에서 대체로 위악적인 포즈를 취하지만 드물게 속내를 드러내기도 했다. 지금이 그 순간이다. 그가 기원하는 세상에 '고정되기'의 반대말은 시집에서 두 가지로 상정되어 있다. 하나는 이미 확인한 것처럼 피 흘리며 떠돌고 있는 신체의 조각들이다. 또 다른 하나는 먼지가 된 부스러기이다. 잔혹한 피가 등장하지 않는 경우 그는 자신의 신체를 건조한 부스러기로 비유한다. 앞의 것이 그가 돌아보기 끔찍해하는 과거의 사건을 환기한다면 뒤의 것은 그의 마음과 닿아 있는 현재의 상황을 대변한다. 김유섭의 도시는 피와 먼지로 구성

되어 있는 행성 한 곳에 조성되어 있다.

먼지였으며, 거리를 흘러다니는 냄새였던
그가 인간이라는
제복 속으로 숨어든 지 오래되었다

제복은 안식처였고 식탁이었고
두꺼운 방어막이었다
코를 찌르는 냄새가 뿜어져 나왔지만
무사히 한 시절을 버텨냈던 것이다

그가 관 속에 누워 세상을 넘겨다본다
제복 사이로 빠져나가는 마지막 촉감을 느끼는 것이다
이제 냄새나는 먼지로
다시 떠돌아야 하는 얼굴이 창백하다

다른 제복이 슬픔을 뜻하는 검은 리본을 달고
조문의 걸음으로 다가와서 꽃을 올린다

향이 타는 동안
그도 숨겼던 자신의 정체를 기억해내고는
흐느끼는 척,
무엇으로도 막을 수 없는 냄새를 토해내기 시작한다
　　　　　　　　　　　　　―「먼지와 냄새의 제복들」 전문

흐르는 피와 날리는 먼지는 원인과 결과 관계로 묶여 있다.

피가 사라지면 먼지가 되는 것이다. 「먼지와 냄새의 제복들」은 "관 속에 누워 세상을 넘겨다"보는 인간의 마지막 순간에 대한 이야기이다. 한 인간이 생명이 다해 먼지가 된다는 인식은 평범한 것이다. 여기에서 김유섭은 평범하지 않는 인식을 보여준다. 원래 먼지였고 냄새였던 존재가 잠시 인간이라는 제복을 입고 살아갔다는 것이다. 그리고 "다른 제복이" 슬픔을 전하는 동안, "향이 타는 동안", 먼지와 냄새는 본래 자신을 깨닫게 된다.

그의 인식대로라면 욕망은 제복 속에 있고 정체성은 먼지와 냄새에 있다. 아마 욕망의 부질없음이 시가 전하는 중요한 메시지일 것이다. 하지만 이 말을 전하는 화자의 마음은 그리 간단히 정리되지 않는 듯하다. 그는 허무했던 것일까, 아니면 자기 위안이 필요했던 것일까. 아니, 이 둘은 쉽게 구분할 수 있는 것일까. 행복하게 살았던 이에게 생의 마지막은 허무로 물들겠으나, 환멸로 가득했던 이에게 그 순간은 위안으로 인식될 수 있을 것이다. 욕망의 성패에 따라 행복과 환멸로 나뉘는 것을 고려하면, 허무와 위안은 하나의 가지에서 뻗은 두 개의 잎과 같다. "어둠이 냄새처럼 번져올 때까지/"행복하세요." 거품을 물고 속삭이는/말라 버석거리는 도시"(「태연한 생」)라고 허무의 뜻을 뚜렷하게 담아도, "열대의 퍼석이는 문장들이 신기루로/ 떠다니는 사막"(「저무는 길에 선 저문 낙타를 보았다」)이라고 하며 낙타와 사막으로 그 뜻을 돌려 말해도, 위안의 의미가 누락되지 않는 까닭이 여기에 있다.

김유섭의 시는 과거의 사건을 말하되 후일담과 대척점에 놓여 있다. 후일담은 격렬했던 시절의 회상에 오늘을 할애하지만 김유섭의 시는 그 시절을 지우고 상처받은 오늘에 집중한다. 한쪽은 현재를 담보 잡혀 과거를 들추어내지만, 다른 한쪽은 과거를 감추고 현재의 상처에 집중한다. 오늘이 없는 사람은 시대착오적인 세계관을 지니며 살지만, 어제가 없는 사람은 좀비처럼 오늘을 떠돈다. 그의 시에 낭자한 피는, 그에게 과거가 없는 것이 아니라 돌아보기 힘든 과거의 기억을 지녔다는 것을 알려주며, 그를 좀비와 갈라서게 한다. 작고 희미하지만 분명하게 그의 시에는 이 위안의 기미가 있다. 피는 언젠가부터 흘러가는 음악과 더불어 흐르고 먼지는 제복을 벗은 맨몸과 어우러져 재생의 기미를 얻는다.

내가 흐른다는 것
숲에 와서야 알았다
음악처럼 다가와 손 내미는 푸른 눈망울들
내 안을 몰려다니던 비린 살 거품이
빠져나가
나뭇잎 사이로 사라진다
숲의 리듬으로 뛰기 시작하는 심장 박동을 따라
호흡마저 나무의 몸짓이 된다
눈이 뜨이고 귀가 열린다는 이야기 알겠다
나무와 햇살이 서로 오가는
발걸음 소리 들려온다
두런두런 의미를 떼어낸 말들을 주고받는다
내가 풀꽃의 재잘거림이 되기도 하고

바람의 문장으로 고요의 폭포 속을
거닐기도 한다
새들이 나무를 향해 날아가고
나무의 온 생애가 새들을 향해 묵묵히 비행하는 것이다
맨몸, 맨발의 강
숲에서 나는 흐르고 있다

　　　　　　　　　　　　　　—「흐르는 숲」 전문

　숲을 타락한 도시 반대편에 있는 신성한 자연으로 인식해도
좋을 것이다. 그러나 더욱 주목할 것은 "흐르는" 숲과 몸이 함
께 음악을 연주하며 생성의 과정에 참여한다는 점이다. 여기에
동참하지 않는 것은 무엇인가. 나뭇잎과 살거품, 나무와 햇살은
"두런두런 의미를 떼어낸 말", 즉 아직 의미를 얻지 않은 최초의
말을 주고받고 있다. 풀꽃의 재잘거림, 바람의 문장, 나무의 몸
짓, 신성한 말이 여기에 있다. 타락의 순간도 없으며 상처받은
영혼도 없다. 그가 "맨몸, 맨발"이라 했을 때 '너'와 '나', '나
무'와 '나'의 구분이 없는 순간이 연출된다. 그들은 음악의 리
듬에 몸을 맡기며 하나가 되었다.
　음악은 그에게 어머니의 뱃속이다. 화장으로 육신이 불에 타
는 소리를 음악으로 인식하자, 어머니의 뱃속이 시에 초대되어
재생의 의미가 생겨난다(「행려의 잔치」). 음악은 그에게 하늘의 소
리이기도 하다. 지상은 하늘의 음악을 들을 수 없을 정도로 전
투가 격렬하게 벌어지는 현장이지만, 하늘은 여전히 고유의 음
역대에서 소리를 울리고 있다(「아름다운 날의 소풍」). 음표와 음표

는 시간의 축을 따라 배열되며 연주된다. 음악은 앞서 확인했듯 공포 영화의 배경음악처럼 긴장감을 조성하기도 하지만, 시간의 축을 거슬러 올라가 과거의 기억과 대면하게 하기도 한다.

디디고 선 지상이라는 것이, 발목에서 머리끝까지 푹푹 빠져드는 아가리다 그 아가리가 씹다가 뱉어버린 야윈 목숨들이 매달려 있던 뼈마디가 쓰레기로 굴러다니는 거리

저마다 한 줌씩 꼬리에 감춘 독은 서로를 배려하는 동병상련의 예의이다

사막의 시간 속을 퍼석이는 모래바람으로 떠도는 몸짓들의 사라져버린 평원, 굽이치는 물줄기를 향한 타는 그리움이기도 한 것이다

―「전갈」부분

「전갈」앞부분에서 '삶은 아름답지 못하다'고 그는 말했다. 어찌 아름답겠는가. 지상은 아가리를 벌리고 있고, 야윈 목숨들은 쓰레기로 굴러다니는데. 하지만 그는 독을 숨기고 있다는 것 자체를 "동병상련의 예의"라고 하고, 사막 같은 생도 "물줄기를 향한 타는 그리움"이라고도 한다. 동병상련은 타인과의 교류, 즉 공동체를 전제로 두어야 느낄 수 있는 감정이고, 그리움은 시간을 거슬러 올라가야 느낄 수 있는 감정이다. 사막과 전쟁과 지옥 같은 세상에서 그는 줄기차게 악다구니의 모습을 보여주면서도 공동체에 대한 신뢰를 보냈던 것이고 기억을 포기하지

않았던 것이다.

타인은 다시 그에게 상처를 줄 수 있다. 하지만 그들이 없다면, 자신도 없다는 듯이 김유섭은 내면의 상처에 쏠렸던 시선을 거두어 밖을 내다본다. 자신의 깊은 상처가 타인의 상처를 보듬기 위해 필요한 것은, 타인과 함께 있기이다. 상처를 입은 타인에게 자신의 상처를 보여줄 때 공동체가 생겨난다. 동시에 이때 하소연의 시가 아니라 보편성의 시가 탄생한다. 이번 시집은 그에게 보편성을 확보하기 위한 밑그림과 같다. 처절하면서도 무서우면서도 기괴한 모습의 지옥도가 여기에 펼쳐져 있다. 그의 시가 더 큰 공감대를 형성하게 될 때, 시초가 여기였다는 것을 우리는 기억하자.

金鍾勳 | 문학평론가 · 상명대 교수